VENTE

**Des 29 et 30 Janvier 1902**

HOTEL DROUOT, SALLE N° 11

*à deux heures précises*

# TABLEAUX

## ANCIENS ET MODERNES

## FAIENCES ET PORCELAINES

### MEUBLES, TAPISSERIES, ÉTOFFES

## Dépendant de la Succession de M. W***

Mᵉ LÉON TUAL, Commissaire-priseur.

M. G. SORTAIS, Expert.

# CATALOGUE ET NOTICE

## DES

# TABLEAUX

## ANCIENS ET MODERNES

## FAIENCES ET PORCELAINES

## MEUBLES ANCIENS ET MODERNES

### ÉPOQUE DE LA RENAISSANCE ET XVIIIᵉ SIÈCLE

## TAPISSERIES ET ÉTOFFES ANCIENNES

### Dépendant de la Succession de M. W***

ET DONT LA VENTE AURA LIEU

## HOTEL DROUOT, SALLE Nº 11

### Les Mercredi 29 et Jeudi 30 Janvier 1902

*à deux heures précises*

PAR LE MINISTÈRE DE

**Mᵉ LÉON TUAL,** Commissaire-priseur, 56, rue de la Victoire.

ASSISTÉ DE

**M. SORTAIS,** Peintre-Expert, 4, rue Mogador.

## EXPOSITION PUBLIQUE

### Le Mardi 28 Janvier 1902, de 2 heures à 6 heures.

# CONDITIONS DE LA VENTE

Elle sera faite au comptant.

Les acquéreurs payeront *dix pour cent* en sus des prix d'adjudication.

L'exposition mettant le public à même de se rendre compte de l'état et de la nature des objets, aucune réclamation ne sera admise une fois l'adjudication prononcée.

Pour les Objets d'art, Faïences et Porcelaines, l'expert se réserve le droit de diviser les lots.

Paris.—Imp. de l'Art, E. Moreau et Cⁱᵉ, 41, r. de la Victoire

# DÉSIGNATION

---

## TABLEAUX

### ANCIENS ET MODERNES

1 — BACHELIER (Attribué à). Deux Pigeons.

2 — BURGER. Offrande à la Vierge.

3 — CHAMPAIGNE (École de PHILIPPE DE). Portrait d'un Conseiller du Roi.

4 — DEKKER? Le Moulin.

5 — DIAZ (École de). Nymphe et Amour.

6 — DREUX DORCY. Femme accoudée.

7 — DROUAIS (D'après). Portrait du Dauphin et d'une princesse royale. Deux pendants.

8 — DUPONT (Genre de). Tête de Soubrette.

9 — DYCK (D'après VAN). Portrait de l'artiste.

10 — ÉCOLE ESPAGNOLE (XVIIe siècle). Sainte.

11 — ÉCOLE ITALIENNE. Glorification de la Croix.

12 — ÉCOLE FRANÇAISE. Étude académique.

13 — ÉCOLE FRANÇAISE MODERNE. Portrait de Femme.

14 — ÉCOLE ITALIENNE. La Nativité.

15 — ÉCOLE ITALIENNE. La Mise au Tombeau.

16 — ÉCOLE DE MESSINE (XVe siècle). Portrait d'homme.

17 — ECOLE 1830. Escalier d'un château.

18 — FRAGONARD (D'après). Le Contrat.

19 — FRAGONARD (D'après). Le Contrat. Gravure.

20 — FRAGONARD (D'après). Le Verrou. Gravure.

21 — GREUZE (ÉCOLE DE). Jeune Fille endormie.

22 — GREUZE (D'après). La Lecture de la Bible.

23 — HEINS (École anglaise). Portrait de Gentilhomme. Signé à droite.

24 — HOBBEMA (D'après). Le Moulin.

25 — HOCK (J.) Le Pillage. Aquarelle, signée à droite.

26 — HYON. Chasseur à cheval, en vedette.

27 — LEDUC (JEAN). Le Bon Riche.

28 — MASCART. Vue de Paris.

29 — MATHEY (P.). Nature morte.

30 — MERLE. L'Heureuse Famille.

31 — MICHEL (?). Troupeau de bœufs dans un paysage.

32 — NATTIER (École de). Portrait de Jeune Femme en corsage bleu.

33 — NETSCHER. Portrait d'un savant.

34 — OUDRY (Genre de). Les Singes. Deux pendants.

35 — PATERNOSTRE. Chevaux à l'écurie.

36 — PAVY (PHILIPPE). Le Marchand d'oranges.

37 — POURBUS (École de). Portrait d'Alexandre de La Faille.

38 — POURBUS (École de). Portrait d'Homme.

39 — RAPHAEL (D'après). Sainte Famille.

40 — REMBRANDT (École de). Portrait d'Homme.

41 — RENARD. Les Numismates.

42 — RIGAUD (HYACINTHE). Portrait d'Artiste.

43 — ROYBET (Genre de). Jeune Vénitien.

44 — SASSOFERRATO. Vierge en prière.

45 — STEEN (Genre de). Grotesque.

46 — TENIERS (D'après). Le Concert.

47 — TENIERS (Genre de). Intérieur de cabaret.

48 — TROOST (?). Jeune Femme endormie.

49 — VAUTIER BING. Portrait d'Homme.

50 — Verbockven. Moutons à l'étable.

51 — Verbockven. Chèvre dans un paysage.

52 — Vogelaer (Van). Bouquet de fleurs dans un vase.

53 — Watteau. Danse champêtre. Copie ancienne. Cadre bois sculpté.

54 — Zick Jonnarius. Tête de Vieillard.

55 — Sous ce numéro, tableaux non catalogués.


## MEUBLES

56 — Coffre Louis XIII en bois sculpté; serrures et ferrures anciennes.

57 — Petite table-bureau, style Louis XV (?).

58 — Armoire Louis XV, ornée de peintures, fleurs et attributs pastoraux.

59 — Panetière Louis XIV, bois sculpté.

60 — Petit buffet Louis XIV, à moulures.

61 — Neuf chaises, anciennes et modernes, en bois sculpté.

62 — Deux fauteuils, bois sculpté, cuir repoussé.

63 — Canapé et deux coussins en ancienne tapisserie.

64 — Table, de style Louis XIV, bois sculpté et doré.

65 — Petite table-console, style Louis XVI, bois sculpté et doré.

66 — Cabinet italien, incrustation d'ivoire, à fond d'écaille.

67 — Cabinet italien à horloge, balcon et pilastres, marbre et pierres précieuses.

68 — Commode Louis XIV, à trois tiroirs, ornée de bronze.

69 — Table Henri II, avec incrustation d'ivoire.

70 — Cabinet Louis XIII, bois sculpté, table à colonne torse.

71 — Deux fauteuils Louis XIV, recouverts de tapisserie.

72 — Deux chaises Louis XIV, à croisillon, recouvertes de tapisserie.

73 — Quatre chaises, style Louis XIII, velours rouge.

74 — Petite table, marqueterie de fleurs, à trois pieds.

75 — Quatre chaises Louis XVI, bois doré, tapisserie d'Aubusson.

76 — Petit canapé Louis XVI, bois doré, tapisserie d'Aubusson.

77 — Marquise Louis XVI, bois doré, tapisserie d'Aubusson.

78 — Deux chaises Louis XVI, bois doré, tapisserie d'Aubusson. Sujets d'Oudry.

79 — Écran Louis XVI, bois doré, tapisserie d'Aubusson,

80 — Chauffeuse Louis XVI, en bois sculpté, recouverte de soie bleue.

81 — Tabouret, de style Louis XIV, en bois sculpté.

82 — Table Renaissance, ceinture sculptée.

83 — Petite table Louis XIII, pieds et traverses à colonnes torses.

84 — Buffet hollandais, bois sculpté, têtes de lions.

85 — Petit buffet hollandais, bois sculpté, têtes de lions.

86 — Pendule Directoire en biscuit, pâte dure, bas-relief en bronze doré.

87 — Candélabre, style Louis XV, à quatre lumières.

88 — Deux bustes de jeune fille, marbre blanc.

89 — Reliquaire en ivoire et ébène.

90 — Écran, style Louis XIV, avec broderie ancienne.

91 — Pendule-cartel Louis XV et son socle.

92 — Lustre en bronze doré.

93 — Grand dessus de glace italien Louis XIV, en bois doré et sculpté.

94 — Petit cabinet Louis XIV, en ivoire, marbre et ambre.

95 — Deux petites glaces de Venise.

96 — Deux appliques, en bois sculpté et doré.

97 — Petit lustre, cristal et bronze, huit lumières.

98 — Petit cabinet, vitrine genre moresque, en bois doré.

99 — Deux petits bustes en terre cuite.

100 — Plat en argent repoussé.

101 — Buste Marie-Antoinette, en biscuit.

102 — Cinq plats anciens, en cuivre repoussé; flambeaux et vases en émail. (Sera divisé.)

103 — Garniture en vieux Delft.

104 — Garniture en vieux Chine, trois pièces.

105 — Paire de cornets (genre Rouen).

106 — Plusieurs groupes et statuettes en porcelaine de Saxe, etc., etc. (Sera divisé.)

107 — Plusieurs jardinières, potiches, cornets, grès anciens et modernes, bonbonnières et objets divers. (Sera divisé.)

108 — Plusieurs lots d'assiettes de Chine, Japon, des Indes, Rouen, Delft, Marseille et Strasbourg.

109 — Plusieurs lots de plats de Chine, Japon, Indes, Rouen, Delft, Marseille et Strasbourg.

110 — Pieds de console, en bois sculpté.

111 — Trente-quatre panneaux, en bois sculpté, de la Renaissance.

# ÉTOFFES, TAPISSERIES
## ET BRODERIES

112 — Petit tapis, en soie verte, avec broderie d'argent.

113 — Panneau Louis XIV, broderie soie : la Sainte Famille.

114 — Panneau Louis XIV, broderie soie : le Christ en croix.

115 — Encadrement de cheminées, bandeaux de broderie Renaissance.

116 — Portière en tapisserie Renaissance.

117 — Tapisserie flamande, à petits personnages. XVIIe siècle.

118 — Portière, fragment de tapisserie.

119 — Deux paires de rideaux, en brocatelle ancienne.

120 — Tapis de table, en velours de Gênes.

121 — Huit petits tapis de soie, anciens.

122 — Deux rideaux et trois bandeaux en brocatelle.

123 — Petit tapis de soie à fond rouge.

124 -- Sous ce numéro, objets non catalogués.